Vente du 15 Juin 1906

(SALLES SILVESTRE, A DEUX HEURES)

COLLECTION M. H.
DE LONDRES

EX-LIBRIS ANCIENS

FRANÇAIS ET ÉTRANGERS

N° 48 du Catalogue.

PARIS

EM. PAUL ET FILS ET GUILLEMIN

Libraires de la Bibliothèque Nationale

28, RUE DES BONS-ENFANTS, 28.

1906

N° 105 du Catalogue.

LA VENTE AURA LIEU

Le Vendredi 15 Juin 1906, à 2 h. précises du soir

Dans les Salles de Ventes aux Enchères

DE LA LIBRAIRIE ÉM. PAUL ET FILS ET GUILLEMIN

28, Rue des Bons-Enfants, 28 (Anciennes Maisons Silvestre et Labitte)

SALLE Nº 1

Par le ministère de Mᵉ **MAURICE DELESTRE**, Commissaire-Priseur

5, RUE SAINT-GEORGES, 5

Assisté de **MM. ÉM. PAUL ET FILS ET GUILLEMIN**, Libraires-Experts

28, RUE DES BONS-ENFANTS, 28

EXPOSITION PARTICULIÈRE

Les Mercredi 13 et Jeudi 14 Juin 1906

28, RUE DES BONS-ENFANTS, 28

De 3 heures à 5 heures

CONDITIONS DE LA VENTE

La vente se fait expressément au comptant.

Les acquéreurs paieront 10 pour cent en sus des enchères.

Les Experts chargés de la vente rempliront, aux conditions d'usage, les commissions des personnes qui ne pourraient y assister.

COLLECTION M. H.
DE LONDRES

EX-LIBRIS ANCIENS

FRANÇAIS ET ÉTRANGERS

Nº 48 du Catalogue.

PARIS

EM. PAUL ET FILS ET GUILLEMIN
Libraires de la Bibliothèque Nationale
28, RUE DES BONS-ENFANTS, 28.

1906

N° 17 du Catalogue.

EX-LIBRIS

FRANCE

XVIIe SIÈCLE

1. (Bachelier).

Curieuse pièce; l'écu est soutenu par un paon faisant la roue.

2. Clerget; in-8.

Très belle pièce. — Rare.

3. Frizon de Blamont (Nicolas-Remy). — 2 variantes, l'une datée de 1694, l'autre gr. par *J. Le Roux* en 1704.

4. Gay de Marnoz, membre du Parlement de Bourgogne.

5. Gravel (Robert de), seigneur de Marly et de Voivre; in-12 très allongé.

6. (Hazon) (Ile-de-France); in-8 ovale en largeur.

7. **Hozier** (Louis-Pierre d'), généalogiste, juge d'armes de France.
— 2 variantes in-16 et petit in-8.

8. (**Le Grand de Marnay**) (Pierre-François-Bernard).

9. **Maridat** (Pierre) ; in-12.
Epreuve coloriée.

10. **Pellot** (B.-B. de), premier président au Parlement de Nor-
mandie, gr. par *J. T.* (*Jean Toustain*) ; petit in-8 en largeur.
Epreuve intacte, avec marges ; rare en pareille condition.

11. **Reims** (Bibliothèque du Chapitre de) : in-12.
Avec l'*ex-dono* gravé de GUILLAUME PARENT, chanoine et doyen de l'église
de Reims, 1649.

12. **Roger** (Simon-Robert), avocat ; in-8.
Petite tache.

13. **Thesut** (Jean-Odon de), des Frères prêcheurs de Dijon.

———————

14. **Adam** (J.) ; in-18. — Pierre ARCELIN. — H.-Th. BARON. —
BONNIER. — Ant. BRUNET. — BULTEAU DE PRÉVILLE, par *P. Giffart* ;
in-16. — CAUMARTIN ; 2 variantes. — (CHAPPEL D'ESTANY). —
CRÉMEAUX D'ENTRAGUES. — L'abbé FAUVEL. — B.-H. de FOURCY.
— Ensemble 12 pièces.

15. **Gourgas** (Jean-Louis), par *P. L.* — HAILLET DU FOSSÉ. —
Richard JARRY. — J.-J. LA SALLE. — (LE GENDRE DE SAINT-AUBIN), gr.
par *P. Giffart*. — LE PREVOST DE BASSERODE (restaurations). — De
MARIDORT, par *Chabany*. — Quatre Anonymes, dont un par
Montalègre. — Ensemble 11 pièces.

XVIIIᵉ SIÈCLE.

16. (**Albert d'Ailly**, duc de Chaulnes).
Curieuse épreuve portant le nom manuscrit de SÉGUIER et dans la marge
inférieure la *signature autographe* de CARON DE BEAUMARCHAIS.

17. **Anonyme.** (*Un médaillon renfermant les initiales A. J. S.,
accolé d'or, au cœur de gueules percé de deux flèches*), gr. par
Ch.-G. Coupeau.
Très gracieuse composition. — *Voir la reproduction à la première page du texte.*

18. **Bar** (Marie-Louis-Barthélemy, comte de), lieutenant au Régiment d'Infanterie du Roy ; 1776.

19. **Beausire** (Jérôme).

> Jolie pièce.

20. **Bellehache** (le chevalier de), officier de cavalerie au Régiment d'Artois ; 1771. — PARENT DE BELLE-HACHE, officier de cavalerie. — Ensemble 2 pièces.

> La seconde pièce est un peu détériorée.

21. **Beringhen** (Mme de), née de Hautefort.

22. **Bernard**, jurisconsulte, gr. à l'eau-forte par *Dupuy fils*.

23. **Besançon** (Bibliothèque des Grands Carmes de) ; in-8.

24. **Bollioud**, receveur général du Clergé de France ; in-8.

25. **Boscheron** J.-G.-R.), gr. par *Berthault*, 1777.

26. **Bourbon-Busset** (le Vicomte de), gr. par Mme *Jourdan*, en 1788. — Louis Ant.-Paul BOURBON-BUSSET, *citoyen français*, 1793. — Ensemble 2 pièces petit in-8.

27. **Carvoisin** (le comte de), gr. par *Collin* (à Nancy) ; in-16.

28. **Chastanet** (C.-L.-J.), chirurgien, gr. par *Durig*, à Lille ; in-8.

> Très jolie petite pièce (intérieur de bibliothèque).

29. **Connétablie** et Maréchaussée de France, gr. sur bois par *Randu*, 1779 ; petit in-8.

30. **Demarron** (François-Alex.) ; petit in-8.

> Belle composition. — Très rare.

31. **Desbrisay** (Théophile).

> Curieuse pièce, très rare.

32. **Desmarestz** (l'abbé), gr. par *Chevalier*.

33. **Ducarel** (André-Coltee), auteur des « Antiquités anglo-normandes » (1713-1785).

> Né en Normandie ; sa famille dut quitter la France afin de pouvoir professer librement la religion protestante.

34. Dugas (P.-T.), docteur-médecin ; in-8.

> Curieuse pièce.

35. Faultrières (le comte Michel de) mestre de camp de Cavalerie, lieutenant de la province de Charollois, gr. par *Ferrand* en 1730.

N° 36 du Catalogue.

36. Francœur l'aîné, par *Collard*.

> Curieuse pièce, avec inscriptions sténographiques.

37. Gattel (C.-M.), par *Marchand*.

38. Gelly ; in-12.

39. Gourgue (de), maître des Requestes.

40. Grenier (Jean-Baptiste), par *Brandes*.

41. Huguenin-Dumitand (M.-F.), gr. par *Thevenard*.

42. Juteau (P.-N.), chanoine de l'Eglise de Sens.

43. La Coste (Philippe de), (chanoine de l'Eglise de Saint-Pierre-des-Arcis ?), par *Houat* ; petit in-8.

44. Larcher ; 1741.

    Jolie pièce.

45. (La Tour d'Auvergne), (archevêque de Vienne, 1671-1747) ; in-8.

    Rare.

46. Laussat (Jean-Gratien), par *Baour*.

47. Le Couvreur (Henri), chanoine de l'église d'Ypres, gr. par *Merché*, à Lille.

    Belle épreuve à toutes marges.

48. Légation de France à Gênes.

    Très rare. — *Voir la reproduction sur la première page de la couverture.*

49. Lespée (de), Garde-marteau de la Maîtrise de Lunéville, gr. par *Collin*, à Nancy, en 1768.

    Charmante composition. — Rare. — *Voir la reproduction à la page 10.*

50. Martenot de la Martinière (J.-B.), avocat à Autun.

51. Mongez (Louis), à Lyon.
    Jolie composition. — Rare.

52. Morin (J.-B.), gr. par *Roy*.

    Epreuve AVANT LA LETTRE, avec le nom du titulaire manuscrit. — Rare.

53. Nay (Emmanuel, comte de) et de Richecourt ; petit in-8.

    Curieuse composition.

54. (Pallu), accolé de La Vieuville, par *Germain*.

    Jolie pièce.

55. Papillon le jeune, gr. par *de Monchi*.

56. Perard (Jacques), gr. par *A. C.* en 1735.

57. **(Pucelle)** (l'abbé René), dessiné et gravé par *Tardieu fils.*

58. **Rouen** (Maison de Saint-Antoine, à).

59. **Secousse** (Denis-François), gr. par *Roy ;* petit in-8.

60. **Superville** (Daniel de), médecin et professeur d'anatomie

61. **Thibault** (Claude), par *Monnier :* in-8.

62. **Thomassin**, gr. par *Durand.*

63. **Varlet** (Dominique-Marie), évêque de Babylone.
   Épreuve à toutes marges.

---

64. **Ancelot.** — AUBRY, par *Martinet.* — Ch. de BACHI gr. par
   G. Scotin. — BAUDELOT, par *Corlet.* — BEAUVAIS-RASEAU. — Ch.-L.
   de BERCKHEIM. — BERGER-DUMESNIL. — Élie BOCHART (petit trou). —
   Jacob et Drusilla BONNEAU. — J.-E. BORDIER. — (BOULOGNE). — de
   BOURGEVIN. — de BRIENNE. — BRONOD. — de CAILLY. — (CALONNE).
   — de CAMBON, par *J. Mercadier.* — P.-P. CANNAC. — Jean-Louis
   CARBON. — CAUSSEMILLE. — Ensemble 20 pièces.

65. **Chavane** (Jacques). — CHESNEAU. — CLARET DE LA TOURETTE,
   1740. — (CLARET) DE FLEURIEU ; in-8. — CLÉMENT — COLLOMBAT. —
   COQUEREAU. — CORRÉARD. — DAMAS D'ANLEZY. — DAMPOIGNÉ. —
   DARMAND. — DAXMAR. — DERANCY, 1726. — J.-B. DESCAMPS, par
   N. Le Mire. — D'HYENVILLE, gr. par *Violle.* — DUBOIS. — Bernard
   DUFAU. — DU PONT DE ROMÉMONT. — DUREY DE NOINVILLE, 1736.
   — (FONTANELLI) 1736. — Ensemble 20 pièces.

66. **Fortia** (le comte de). — FRANSSART. — de FRÉVAL, par *Derey.*
   — Jac. GAILLARD, par *Jacques.* — J.-B. GASTALDY, par *Veyrier,*
   1752 — GILLABOZ ; 2 variantes. — (GIRARDOT de PRÉFONDS). —
   (GROSSOLES DE FLAMARENS). — GRUMET. — HEMEY. — d'HEMERY. —
   de LABASTIE. — LA CRESSONIÈRE. — LA LOGE DU BASSIN. — LA
   LUZERNE. — J.-B. de LA MICHODIÈRE ; 2 variantes. — de LA TOUR-
   NELLE. — Comte de LA ROSÉE, par *lui-même,* 1769. — Ensemble
   20 pièces

67. **Langlois de Louvres.** — (duc de LA TRÉMOILLE), épreuve un
   peu fatiguée. — LAUS DE BOISSY. — LAVOISIER, par *de La Gardette.*

— Le Chevallier. — Le Mercier. — (Le Mesre de Pas). — (Le Peigné d'Oumesnil). — P.-N. Le Prince. — Victor Leroux, par *M. B.*, 1771 — Lesage. — Le Vacher du Plessis. — (Lombard de Montauroux). — Gilbert Mainssonnat. — de Maranville. — Maton de la Varenne. — Mignot de Montigny, gr. par *Louise le Daulceur* d'après *Pierre*. — Millin de Grandmaison. — Millin du Perreux. — Jacques Molinier. — Ensemble 20 pièces

68. **Mouchard** (François), 1732. — Munter. — Murat — André Ollivier (petite déchirure) — Pastoret; 2 pièces. — Perrin de Sanson. — Raussin. — Richard d'Aubigny. — Richard de Vesvrotte, gr. par *Scotin*. — Roussel. — Saint-Maurice, in-8 (déchirure). — J.-B. de Saint-Port. — Robert de Saint-Victor. — Spielmann, par *J. Striedbeck*, à Strasbourg. — (Rosen) — (Sartine). — Saulot de Bospin; in-8. — Jos.-Marie Terray; in-8. — Louis Vacher, par *Monnier*, 1768; in-8. — Ensemble 20 pièces.

69. **Vallée** (Jacques-Olivier), gr. par *Beaumont*. — (Verthamon). — (Villevault). — (Voyer d'Argenson). — Joseph Xaupi, par *Avisse*, 1765. — Anne-Thérèse-Ph. d'Yve. — 15 Anonymes. — 6 Etiquettes. — Ensemble 27 pièces.

—————

70. **(Berry)** (duchesse de). — Berryer. — Bonaparte-Wyse. — Burey. — Caffarelli - Michel Chasles. — Cazenave, gr. par *Palaiseau*. — Houbigant. — Maréchal Jourdan. — La Roche Lacarelle. — (Mailly). — Alexandre Martel. — Emm. Martin. — Cardinal Maury. — (Paulet). — Comte Portalis. — Baron de Reuter. — Société héraldique. — Et. Vieusseux. — Trois Anonymes. — Ensemble 22 pièces, *la plupart des premières années du XIXe siècle.*

FAMILLES FRANÇAISES ÉMIGRÉES EN ANGLETERRE.

71. **Bastard.** — Beaumont. — de Beauvoir. — Boileau. — Chamier. — Champion-Crespigny. — Chaplin. — Cottin. — Dayrolles. — Delavaud. — Des Champs de la Tour. — Du Bisson. — Du Pré. — Gosselin. — d'Harcourt. — Le Mesurier. — Ensemble 16 pièces.

2.

72. La Chaumette (de). — Lichigaray. — Charles Macé. — Marillier. — Montolieu. — Perrot. — Petit. — Pigou. — Baronne de Ponthieu. — de Porquet. — Comte Joseph de Puisaye. — Roberdeau. — Robert des Ruffières. — Villette. — Villiers. — G. de Visme. — Ensemble 16 pièces.

N° 49 du Catalogue.

N° 104 du Catalogue.

ALLEMAGNE

XV° ET XVI° SIÈCLES

73. (**Brandenburg de Biberach**) (Hildebrand), chartreux à
Buxheim, gr. sur bois et *colorié*.

> Pièce fort rare, exécutée vers 1480, et considérée par Warnecke comme le
> plus ancien ex-libris connu.
> Epreuve fixée sur un feuillet de garde portant un ex-dono manuscrit de
> l'époque. — Petite piqûre de ver.

74. Antonius, episcopus Philadelphiæ, suffragan. Eistetteń. 1534;
gr. sur bois.

> Epreuve coloriée.

XVIIe SIÈCLE

75. Bardt (Michäel) von Harmading und Bäsenpach, 1614.

76. Bavière (Bibliothèque des ducs de), 1618, in-4. — Le même, 1746, in-8. — Ensemble 2 pièces.

N° 75 du Catalogue.

77. Beverland (Adrien), célèbre écrivain licencieux allemand. — 2 variantes.

78. (Greiffenclau) (Johann-Philipp von), prince-évêque de Wurtzbourg, gr. par *Joh. Salver*.

Pièce rare, non citée par Warnecke.

79. **Lobkowitz** (Ferdinand, duc de Sagan, prince de).

80. **Middendorp** (Bernhard), 1667.
    Curieux ex-libris, avec le portrait du titulaire. — Très rare.

81. **Rosenberg** (Pierre de Vok, comte de), gr. par *Gilles Sadeler*,
    en 1609 ; grand in-4.
    Superbe pièce, de la plus grande rareté. — *Warnecke*, n° 1783.

82 **Stog** (?) (Jean-Sigismond).

83. **Thierhaupten** (Corbinien, abbé du monastère de), 1667.
    Rare.

84. **Aicher** (Otto). — L.-B. de CLER ; in-8. — JOSCIUS, abbas infe-
    rioris Altahæ, 1700. — Christophe, abbé de LOCKUM. — Biblio-
    thèque des chevaliers d'OTTENWALD (gr. par *Stor*) ; in-8. — SEYRIN-
    GER, gr. par *Jac. de le Spier* (?), 1692. — Emil SPANNER. —
    Bibliothèque épiscopale de SPIRE. — WOLCKER. — ANONYME ; in-8.
    — Ensemble 10 pièces.

XVIII° SIÈCLE

85. **Andechs** (Abbaye de bénédictins d'., en Bavière.
    Curieuse pièce ; rare. — *Warnecke*, n° 46.
    Voir la reproduction à la page 17.

86. **Augsbourg** (Monastère des SS. Udalric et Affra, à). ordre de
    Saint-Benoît.
    Jolie pièce.

87. **Brunswick** (Cabinet de lecture de la Librairie de l'Orphelinat
    de) ; in-8.
    Jolie pièce. — Intérieur de bibliothèque.

88. **Brunswick-Oels** (Frédéric-Auguste, duc de). — 3 variantes.
    dont deux anonymes.

89. **Cothenius**. Comte-Palatin, par *F.-C. Krüger*, à Berlin.

90. **Diessen** (Bibliothèque du chapitre de), gr. par *A. Schön*, 1755 ;
    in-12 en largeur.

91. **(Dresde)** (Bibliothèque électorale publique de), gr. par *C.-F. Holtzmann*. — 2 variantes in-12 et petit in-4.
   Warnecke, n°s 1828 et 1830.

92. **Emmeran** (Bibliothèque du monastère de Saint), à Ratisbonne, gr. par *B.-G. Fridrich*.

93. **Gallesky**, docteur-médecin à Tilsit, gr. à l'eau-forte par *J. Wollmann* ; in-8.
   Curieux intérieur de bibliothèque.

94. **Giannini** (François-Georges, comte de), doyen du chapitre d'Olmutz, chanoine de l'église de Breslau ; in-8.

95. **Gottsched**.
   Jolie pièce. — Intérieur de bibliothèque.

96. **Günther** (C.-G.), par *J.-G. Kütner*.
   Très gracieuse composition.

97. **Hæberlin** (François-Dominique), à Ulm, gr. par *E. K.*
   Curieuse composition. — *Warnecke*, n° 716.
   Légère cassure.

98. **Halle** (Bibliothèque de l'Orphelinat de) ; in-12 en largeur.
   Intérieur de bibliothèque. — *Warnecke*, n° 739.

99. **Jöcher** (Christ.-Gott.), (bibliothécaire de l'Université de Leipzig) — 2 pièces différentes in-12 et grand in-8.
   Warnecke, n°s 947^a et 948. — L'une de ces pièces représente un intérieur de bibliothèque.

100. **Jordan** (C.-S.), (vice-président de l'Académie de Berlin) ; petit in-8 en largeur.
   Curieux intérieur de bibliothèque.

101. **Kilian** (Georg-Christoph), célèbre graveur, né à Augsbourg, en 1709, gr. par *lui-même*; in-8 en largeur.
   Warnecke, n° 992.

102. **Kirchmayer** (Albert), professeur de rhétorique, **gr. par** *Rauschmayr*, d'après *Wink*.
   Très jolie composition.

103. **Lehnemann** (Henri-Guill.), à Francfort-sur-Mein, gr. par *Wicker*, d'après *Nothnagel*; in-8.
   Intérieur de bibliothèque. — Pièce tirée au verso d'un titre.

104. Loen (Jean-Michel de), gr. par *G.-D. Heumann*, à Nuremberg.

> Jolie composition. — Intérieur de bibliothèque. — *Warnecke*, nᵒ 1190.
> *Voir la reproduction à la page 11.*

105. (Lunebourg) (Pièce à douze quartiers dont le premier est de). — Petit in-folio.

> Superbe pièce, très rare. — *Voir la reproduction sur la quatrième page de la couverture.*

106. Medlingen (Couvent de), ordre des dominicains.

107. Michel (Monastère de Saint-), dans le Wurtemberg.

> Curieuse pièce gravée à l'eau-forte.

108. Mönchsroth (Monastère de), près Roggenburg, gr. par *Störcklin* ; petit in-8.

109. Nack (Johann-Bern.), citoyen et marchand de Francfort, gr. par *De Saint-Hilaire*, d'après *D. Osterländer*, en 1759, avec au verso *la même composition* regravée par *Wicker* ; in-8.

> Curieuse pièce gravée sur les deux faces. — *Warnecke*, nᵒˢ 1422 et 1423.

110. Oberzell-sur-Mein (Bibliothèque du monastère d') ; 175..

111. Olenschlager (J.-D.) ; in-8 en largeur.

> Intérieur de bibliothèque, avec vue de château au second plan.

112. Pezold, gr. par *K*...

> Second état. — *Warnecke*, nᵒ 1557.

113. Reinhardt (Martin), pasteur à Nuremberg.

> Charmante composition représentant le titulaire lisant dans sa bibliothèque. — Le nom de Reinhardt a été gratté ; *signature autographe* du célèbre bibliographe Georg-Wolfg. Panzer dans la marge inférieure.

114. Ricker (G.), pasteur ; in-8.

115. Ruprecht (Georg), ministre de la parole de Dieu (à Dillingen) ; grand in-8.

> Belle épreuve à toutes marges.

116. Scharnov (P.-J.), gr. par *J.-D. Philippin*.

> Intérieur de bibliothèque, très bien gravé. — Léger grattage.

117. Schreiber.

Jolie pièce gravée à l'eau-forte, non citée par Warnecke.

118. Staader (le baron de), gr. par *Maag* ; petit in-8 en largeur.

Curieuse pièce.

119. Teubern (Joh.-Ernst von), gr. par *E.-G. Krüger*, d'après *Klass* ; in-8.

120. Trew (le Dr Christoph-Jakob.) — 2 variantes in-8 et grand in-4,

Warnecke, nos 2211 et 2213.

121. Uffenbach (Zach.-Conrad von), gr. par *J.-U. Krauss*. — 2 variantes in-8 et in-4.

Intérieurs de bibliothèques. — *Warnecke* nos 2239 et 2240.

122. Woogiana (Bibliotheca), gr. par *Boëtius*. — 2 états in-12 et grand in-8.

Ex-libris à sujet macabre.

---

123. (Archenholtz ?). — Caroline-Louise, Margrave de BADE-DOURLACH. — Joh.-Jakob BAIER. — BALEMANN ; in-8. — BARCK-HAUS-WIESENHUTTEN. — BEHENBURG. — Adalbert von BODMANN. — Ph.-Henri BŒCLER, gr. par *Striedbeck*. — Comte de BORCH, gr. par *S. Halle*. — BOROWSKI. — E.-G. BOS. — BRUCKER. — CORETH ; 1732. — Fried. DANIEL. — DAUTZENBERG. — Von DURR. — Conrad FEUERLEIN ; 2 variantes. — FECHENBACH. — Comte FUGGER-KIRCHBERG. — Ensemble 20 pièces.

124. Fürstenberg (Baron de). — Joh.-Chr. GERNING, gr. par *Anna-Ros. Wicker*, 1779. — GLEZEL. — GRUNDIG. — Carl HOFFMANN. — Von KASCHNITZ. — (KELLNER), par *M. Tyroff*. — KOLLONITZ. — Von KRAFFT. — Barth.-Nic. KROHN. — LEONHARDT. — (LEONRODT); 2 variantes. — Comte LEPELL ; in-8. — Alex. de LUDERS. — Joh.-Peter von LUDEWIG, 1719 ; in 8. — (David-Sam. von MADAI). — Von MULINEN ; 2 pièces différentes. — Carmélites de MUNICH. — Ensemble 20 pièces.

125. Neuhaus (Baron de). — Joh.-Paul-Eg. NITSCH. — OBERHUEBER. — OEFELE. — Bibliothèque PALATINE. — POLLING (Franciscus praepositus...), 1744 et Fr. Töpsel, gr. par *Jungwierth* ; in-8. —

Comte de Preysing ; in-8. — Collège de Rebdorf. — Carl-Andreas
von Schlechten ; in-8. — Fried. von Smith. — Ign. Speckle. —
Stubenrauch. — Amadeus Svajer ; 2 variantes. — Bibliotheca
Thebesiana. — (Abbaye de Weisenau) — Wernsdorf, par *Geyser*.
— Werthern, gr. par *Wicker*.—Marc-Ant. Wittola. — Ensemble
20 pièces.

126. **Wolcker** (Carl-Guill.). — Wolframbsdorff. — Bibliotheca
Zschuckiana. — 18 Anonymes, dont trois gr. par *Cataneo, Fali-
gum* (?) à Laybach et *Strachowsky*. — 10 pièces du commence-
ment du XIX° siècle : Bielefeld, Böcking, Bode (pièce libre),
Breitkopf, Parthey gr. par *Caspar*, Wackerbarth, etc. —Ensemble
31 pièces.

EX BIBLIOTHECA
MONTIS SANCTI ANDEX.

N° 85 du Catalogue.

Nº 154 du Catalogue.

ANGLETERRE

PREMIÈRE MOITIÉ DU XVIIIᵉ SIÈCLE

127. Delaval (Sir John Hussey) ; in-8.
Petite déchirure.

128. Edimbourg (Bibliothèque d') ; in-8.
Rare.

129. Lloyd (Phil.) ; in-8.
Curieuse pièce.

129 *bis*. Long (Charles, Robert et Samuel). — 6 pièces diverses

---

130. Anstruther. — BANNER. — BASIL. — BEDWELL. — BERKELEY. — BERTIE. — BLOUNT. — Tho. BOWEN. — BOYCOTT. — BOYD. — Lord BRACCO. — BRACE. — BRAMSTON. — Ellis et John BRAND ; **2 pièces.** — BRAUTHWAYT. — BRERETON. — BRIGHAM. — BRISTOW,

— BROMLEY of BAGINTON; 2 variantes. — BROWNING. — BRUCE of
Ampthill; 3 variétés. — BUCHAN. — BUCK. — (BUCKINGHAMSHIRE).
— BURRELL. — BUSH. — Ensemble 30 pièces.

131. **Cadogan** (Charles); 2 variantes. — CAMPBELL. — CARADOC. —
(CARBERY). — CARD. — CARMICHAEL. — CARR. — CARRUTHERS.
— CHESTER. — COCKBURN. — COCKEN — COLE. — Lord COLVILL.
— Robert CONY. — COOKE. — W. COOPER. — CORNWALLIS. —
DALTON — DAMPIER. — DASHWOOD. — DAWSON. — DELAWAR. —
DONEGALL. — DOWDESWELL. — DOWNES. — Lord DUNKEWON. —
EDEN. — EFFINGHAM. — ELLIS. — Ensemble 30 pièces.

132. **Flemming.** — FULLER. — GORDON of Pitburg. — GRÆME of
Balgowan. — GREGORY. — GUNNING. — HAISTWELL ; 1718. —
HALES. — HALFORD. — Lord HALIFAX, 1702 ; 2 variantes. — HAN-
BURY. — HANCOCKE. — Lord HARDWICKE. — W. HARTE, gr. par
Bernigeroth. — HARVEY. — HASSELL; 1745. — HAWES. — HAY-
LEY. — HEYDON. — Henry HOARE, 1704; 2 variantes. — HODGES.
— HOME — HOOKER, gr. par *Fr. Gardner.* — HOPE of Kinros. —
Ensemble 26 pièces.

133. **Hotchkis.** — HOWARD of Norfolk; 2 variantes. — HUNGER-
FORD. — HUNTER. — HYNDFORD, par *B. Scott.* — INCHIQUIN. —
JENKINS, par *R. W.* — KECK. — KEITH of Craig. — KENRICK. —
KILLMOREY. — KNIPE. — KNOLLY. — LACY. — LASCELLES. — Will.
LEE ; 2 variantes. — LISTER. — LOCKWOOD. — LUDFORD. —
LYDDELL. — LYNCH. — MASSIE. — MENDES, 1746. — MILDMAY. —
Ensemble 26 pièces.

134. **Miller.** — MISSING. — MITFORD, 1744; 2 variantes dont
une gr. par *Ovendon.* — MORDAUNT. — MOSTYN of Penbedw. —
NASH. — NEVILL. — Duc de NORFOLK. — NORTH ; 1703. — OF-
FLEY. — Académie d'OXFORD. — Geo PARKER. — Tho. PARKER,
gr. par *Theo. Spendelon* — PEARSON. — Lord PETRE ; 2 variantes.
— SALWEY. — SELWYN. — SHEPPARD FRERE. — SHUTTLEWORTH.
— Edw. SIMPSON. — Will. SIMPSON. — (SKINE). — SKRIMSHIRE. —
Ensemble 25 pièces.

135. **Skipp.** — SMELT. — Edgerton SMITH. — SOAN. — SOUTHCOTE.
— STANLEY. — STONHNOUSE. — STONOR (1706). — STUART of Dun-
nairn. — STYLEMAN. — P. SYKES (1680). — SYMES, 1703. — THIS-
TLETHWAITE. — TOLLET. — TOWNELEY, 1702. — WEIR. — WES-
TERN. — WHITAKER. — WHITE. — WILKS (1700). — WILLIAMS. —
WISE. — WRIGHT. — WROTTESLEY. — Anonyme. — **Ensemble
25 pièces.**

DEUXIÈME MOITIÉ DU XVIIIe SIÈCLE

Nombreuses pièces gravées par Chippendale.

136. Birch (Charles). — Thomas BIRCH. -- George BIRCH. — Wyrley BIRCH. — Ensemble 4 pièces.

   Les deux premières pièces sont curieuses par leur composition.

N° 146 du Catalogue.

137. Burton (J.), gr. par *J. Pine* d'après *Gravelot*.

   Intérieur de bibliothèque.
   On a ajouté deux ex-libris modernes copiés sur le précédent : Thomas GAISFORD et Wadham WYNDHAM.

138. Court Dewes.

   Jolie composition.

139. Daston (Richard), (d'après *Eisen*).

140. Dillwyn (L.-W.).
> Rare. — Manque à la collection du British-Museum.

141. Elliock (James Veitch of). — 2 variantes, dont une in-8 très bien gravée.

142. Frederick (Sir Charles), surveyor general of the Ordnance ; petit in-8.
> Très rare.

143. Gascoigne (T.), par *Hughes* ; in-8.
> Curieux intérieur de bibliothèque.

144. Gason (W.-F.), gr. par W. *Henshaw*.
> Jolie petite pièce finement gravée. — *Voir la reproduction à la page 27.*

145. Graves (Capitaine Thomas), de la Marine Royale. — Morgan GRAVES. — William GRAVES. — Ensemble 3 pièces.
> La première pièce, très rare, manque à la collection du British-Museum.

146. Grays Inn Library (d'après *Gravelot*); in-8.
> *Voir la reproduction à la page précédente.*

147. Kaye (Richard): petit in-8.
> Très rare. — Manque à la collection du British-Museum.

148. Liverpool (Bibliothèque de), par *J. Evans*.
> Très jolie pièce. — *Voir la reproduction à la page suivante.*

149. Lyon (Benjamin); in-8.
> Rare.

150. Price (Liscombe).
> Jolie pièce finement gravée.

151. Stourbridge Library fondée en 1790, gr. par *Howe*; in-8.
> Charmante composition.
> Épreuve tirée *en sanguine.*

152. Surtees (Robert), gr. à la manière noire par *lui-même*.

153. Tyler (Charles), gr. par *Lockington* : in-8

Nº 148 du Catalogue.

154. Way (Gregorius-Ludovicus) : in-12 en largeur.

Jolie composition très bien gravée. — *Voir la reproduction à la page 18.*

155. Wellington (le Duc de), célèbre général anglais.

———————

156. Anson (Thomas), gr. par *Yates* et tiré en sanguine : in-8. — Croydon, libraire et « fabricant de parapluies ! », gr. par *J. Rickard*. — Marquis de Donegall, gr. par *Yates* ; in-8. — Haughton. — Hayward. — Thomas Hodson. — Jonathan Lovett (lithographié) — Campbell of Monzie. — John Collet Ryland, gr.

par *Tim. Roberts* ; in-8. — John SAVILL (intérieur de bibliothèque). — Charles, baron de SELBY. — Martin STAPYLTON ; in-4. — Ensemble 12 pièces.

Très beaux spécimens des dernières années du XVIIIe siècle.

157. Lowdell (Geo.). — George MERCER. — Jeremiah MILLES. — Armine MOUNTAIN. — James Norris NORWICH. — VANHATTEM. — Simeon WARNER. — Matt. WATERS. — WHYTT OF BENNOCHY. — Gulielmus WILLIAMS. — Ensemble 10 pièces.

Pièces rares ; beaux spécimens du milieu du XVIIIe siècle.

---

158. Adams (Thomas). — G.-R. AINSLIE. — ALCHORNE. — ALDERSON. — ALLARDES. — ALLEN. — AUSTEY. — ARBUTHNOT. — ARNOLD. — BACON. — BAKER. — BALDWYN. — BATES. — BAYLEY. BEAUCHAMP ; 2 pièces. — BEAUMONT. — BEAVER. — BECHER. — BEDS. — BEEVOR. — BELCHIER. — BELFOUR. — Th. BELL. — Alex. BENNET (épreuve découpée). — BENTALL. — BENYON ; 2 variantes. — BINDLEY. — BISSET. — Ensemble 30 pièces.

159. Blackburn. — BLACKMORE. — BLACKSTONE. — BLACKWELL ; 2 variantes. — BOODAM. — BOLDERO. — BOLTON. — BOONE. — BOSTON. — BRANDLING. — BREWSTER. — BRICKDALE, tiré en bleu. — BROADHEAD, 2 variantes. — BROWNE. — BUCCLEUGH. — BURGES. — BURGESS. — BARLOW, tiré en bleu. — BURNELL. — BURROUGH. — BURTON. — BUTLER ; 2 pièces. — BUTT. — CALDWELL ; 2 pièces. — CALLANAN. — CALLEY. — Ensemble 30 pièces.

160. Camden (Lord) ; 2 variantes. — CAMPBELL. — CAPEL. — CARNAVON. — CARTER, gr. par *Brentenchaw*. — CATOR. — CAVENDISH. — CHAMBERS. — CLANRICARDE ; 3 variantes. — CLARKE. — Alured CLARKE. — J. et Th. CLARKE ; 3 pièces différentes. — CLAUDIUS. — CLAVERING. — CLEOBUREY. — COBBETT. — COCKBURNE. — COLBORNE. — COLE. — COLLINS. — COLLINSON. — COLLYER. — COLVILL. — CONEY. — CONNELL. — Ensemble 30 pièces.

161. Constable. — COOKE ; 2 pièces. — COOPER ; 2 pièces. — CORK. — CORKRAN. — CORNWALLIS. — COWPER. — CRAIG. — CUTHBERT. — DALTON. — DAMER. — DASHWOOD. — DAVY. — DAVIES. — DENISON. — DETHICK. — DICKINS. — DICKINSON. — DIXON. — DOCKING. — DOLBEN. — DOWNES. — DRAKE. — DRAPER. — DREYER. — DRUMMOND. — DU CANE. — DUNCKERLEY. — Ensemble 30 pièces.

162. Dundas of Arniston. — Dunster. — Dyne. —Th. Earle. — Ellison. — Nich. English. — Farnham. — Farrell. — Fauntleroy. —Fawkener. —Ferrers. —Field. — Cᵗᵉ de Fife.— First. —Fischer. — Fleming,—Fletcher. — Frederick. — Edw. Freemann ; 2 variantes. — Fullerton. — Gibbon, par *Hughes*. — Colonel Glyn. — Godfrey. — Godwin. — Goodall ; 2 pièces. — H. et El. Goodwyn. — Charles et Ernest Gordon ; 2 pièces. — Ensemble 30 pièces.

163. Gordon of Buthlaw. — Gough. — Granville. — Grape. — Greaves ; 2 pièces. — Gresley. — Grimston. — Grosvenor. — Grote ; 2 pièces. — Gwatkin. — Hambly. — Alex. Hamilton. — James Hamilton. — Hammersley. — Hammond. — Harewood. —Harford. — Hargrave. — Harland. — Harley. —Hartley ; 2 pièces. — Hatch. —Hatfield. — Hathorn.— Hay. — Hawes. Lord Hawke. —Ensemble 30 pièces.

164. Hawkes. — Hawkins. — Head. — Heath. — Heathcote.— Holland. — Holme. — Hudson. — Hughes. — Hulkes. — Hungerford. — Hurlock. — Hursley. — Inglis. — Ives. — Ivory. Jennings. — Jerningham ; 2 pièces. — Jervis. — Jessopp. — Johnson. — Johnston. — Kenrick. — Kerrich. — Kingsbury. — de Laet. — Landor. — Lanesborough, tiré en bleu. — Lang. — Ensemble 30 pièces.

165. Langton.— Larkins. — C. et S. Laton : 2 pièces. —Lander. — Lawson. — Leake. — Lee. — Leighton. —Lennox. — Lever. — Leverington. — Lewis. — Lind. — George Lloyd, gr. par *Billinge*. — Th. Lloyd. — Loch ; 2 variantes. — Logie. — Loughnan. — Loveden ; 2 variantes. — Loxdale. — Lucas. — Mac Leod ; 2 pièces. — Mainwring. — Markham. — Mawbey. — Meade. — Ensemble 30 pièces.

166. Martin (George, John et James) ; 4 pièces. — Mellish. — Merry. — Metcalfe, 2 variantes. — Meynell. — Michell. — Middlemore. — Mill ; 3 pièces. — Mills. — Mulgrave ; 2 variantes. — Murdoch. — Murdock. — Needham. — Nelthorpe ; 2 variantes dont une en bleu. — Newenham ; 2 variantes. — Tho. Newnham. — Nicholl. — Nicoll. — Nightingale. — Noel. — Nugent. — Ensemble 30 pièces.

167. Oakes ; 2 variantes. — Okes. — Otway. — Owen. — Pack. — Palmer. — Parslow. — Parsons ; 2 pièces. — Partridge. — Paton. — Patteson. — Pattison. — Pattrick. — Payler. —

PEACHEY, 1782 ; 2 états. — PEARSON. — PEIRSON. — PELHAM. —
(Lord PETRE). — PHILIPPS. — PICKERING. — PICKETT. —
PIDROCK. — PIERREPONT. — PITCHES. — PLUMMER. — PORTING-
TON. — Ensemble 30 pièces.

168. Powys. — POWLETT. — PRESTON. — RAWLINGS. — REEVE,
tiré en sanguine. — ROBARTS. — RODNEY. — ROGERS. — ROLFE,
par *Hughes.* — SABINE. — SAINT-JOHN. — SCHOLEY. — SCOTT ;
4 pièces diverses. — SELWYN. — SHADWELL, tiré en bleu. —
SHELBURNE. — SHREWSBURY. — SIBTHORP. — SILVESTER. —
SIMEON. — SIMMONS. — SIMONS. — SKIPP. — SMART. — SMYTH.
— Lord SOMMERS. — SOTHEBY. — Ensemble 30 pièces.

169. Southouse. — SPOONER. — SQUIRE. — STANFORD. — STEVENS.
— STEWART. — STOKES. — STORER. — STOW. — STRONG. — STUART.
— STURGES, gr. par *R. M.* — SULLIVAN ; 2 variantes. — SUMNER ;
3 variantes. — SWAIN. — SWINTON. — SYMMONS. — SYNNOT, tiré
en sanguine. — TALBOT. — THURLOW. — TILLARD. — TOD. —
TOKE. — TOPHAM. — TOWNSHEND. — TREFUSIS. — TROTTER. —
— Ensemble 30 pièces.

170. Urquhart ; 2 pièces. — VAUGHAN. — VYNER. — WALCOTT.
WALDEGRAVE ; 2 pièces dont une par *Michell.* — WALLIS. —
WALTER. — WALWYN. — WARDOW (?). — WARWICK — WAUGH.
— WAYMONTH. — WEBB. — WEBBER ; 2 variantes. — WESTON.
— WHALLEY. — WHITE. — WICKHAM. — WILBERFORCE. — WIL-
KES. — WILLIAMS. — WILLIAMSON. — WILLS. — NANTES —
GIBSON. — Deux Anonymes. — Ensemble 30 pièces.

171 Wilmot ; 2 pièces. — WIMBLEDON. — WOLLASTON. — WOODD.
— WOODFORD. — WOODGATE. — WOODIFIELD. — WOODWARD. —
WOOLLCOMBE. — WORSHIP. — WORTH. — WYCHE. — YONGE. —
YOUNG, par *Robson.* — YOUNGER. — Benj. COLE. — Treize ANO-
NYMES. — Ensemble 30 pièces.

---

172. Ex-libris de Dames. — H.-Jane ARNOLD. — Rachel AUSTEN.
— Elizabeth BERNEY. — Lady BROUGHTON. — Mary BROUNCKER. —
Mary CURRER. — Anne, comtesse DOWAGER OF GALLOWAY.
— Madalene DOWDESWELL. — Sibella EGERTON. — Eliza GODWIN.
— Rebecca GREEN. — Eliza GULSTON. — Margarett HARRIS. —

Annabella HAWKE. — Anne HOLTE. — Mary HOWARD. — Mary
HOWE. — Mary MARTINEAU. — Lady SHELLEY. — Mary STUCKEY
MUCHELNEY. — Frances TEMPLE. — Ensemble 21 pièces.

173. Ecclésiastiques. — BLOMFIELD — Collège de St-Jean l'Evan-
géliste à CAMBRIDGE ; 2 pièces. — DOBREE. — DOUGLAS. — EDGE.
— FISCHER. — FOOT. — FRENCH. — GEE. — GOODWYN, évêque de
Cashel. — GREEN. — HARPER. — HUNTINGFORD. — INNES. — L'évê-
que de la JAMAIQUE. — KETTILBY. — L'évêque de LIMERICK. — L'é-
vêque de LONDRES. — Thomas MADRAS. — MANT. — MIDDLETON. —
Van MILDERT. — Collège d'OXFORD ; 3 variantes (très rares.) —
PRETYMAN, évêque de Lincoln. — SAINT-CLAIR. — L'évêque de
VICTORIA. — Arthur YOUNG. — Ensemble 30 pièces.

174. Militaires. — (ADAM OF BLAIR-ADAM). — Captain BROOKE. —
Major général BRYDGES HENNIKER. — Robert CAMPBELL. — Lieu-
tenant-colonel COOPER, gr. par *Huntly*. — George Digby DAUNT,
gr. par *Green*. — Robert DAY ; 2 variantes. — EYRE. — Colonel
FORBES-LEITH. — Lieutenant-colonel HAMMOND. — LOCKYER —
Lieutenant général PARKER. — Général A. ROSS. — J.-R. SCARVA.
— Lieutenant-général THORNTON. — James Edward URQUHART. —
Capitaine DURBAN. — Capitaine GARSTIN. — HOLLOWAY. — Géné-
ral Lambert LOVEDAY. — MILLIGAN. — Ensemble 22 pièces.

175. Ex-libris à paysages. — Réunion de 26 pièces héraldiques
de la fin du XVIIIe siècle et des premières années du XIXe.

ABLETT. — ALDENHAM Abbey. — Matt. ANDERSON. — ATKINSON. — BAKER. —
BASKERFIELD. — BLACKBURNE. — BURDETT (?). — CALDWELL. — CHOLMELEY,
par *A. W.* — CLELAND, gr. par *Kirckwood*. — Jos. COOK — Tho. COULTHARD.
— GREENE, gr. par *Pye*. — HAWKINS — HUSSEY, gr. par *Pye*. — JAMES. —
MANNING. — MATHEW. — SHERWOOD — SPURGEON. — W. TAYLOR. — Robert
WAKEFIELD. — WALKER. — Deux Anonymes.
Très curieuse réunion.

PREMIÈRE MOITIÉ DU XIXe SIÈCLE

176. Anson. — BLAKE. — BOSANQUET. — BOWDLER. — ELLIS, gr.
par *Neele*. — ELSLEY. — GARDINER. — HAYNE. — HOLLAND. —
HUNTER. — JAMES. — LARKINS. — Lord MACARTNEY ; 2 variantes.
— MORRAH. — O'BRYEN. — OSSGOODE. — ORMONDE AND OSSORY
— PHELP. — PLUMPTRE. — PUTLAND. — RAMSAY. — RIBBLE —
STEWART OF COLTNESS. — STRACEY. — STUART OF ALLANTON. —
SUTTON. — WALCOT. — Ensemble 28 pièces.
Beaux spécimens des premières années du XIXe siècle.

177. Abot. — BAILEY. — BARR. — BARRINGTON. — BENSON. —
BOURCHIER-WREY. — BRAGGE, par *Timbrell et Harding.* — COCKE-
RELL. — DALRYMPLE. — ELIOT. — Will. Vesey FITZ-GERALD, gr.
par *Silvester.* — FULLER. — Lord GLENBERVIE. — (GUILFORD). —
HARVEY. — HURT. — HUTCHESSON. — IBETTSON. — JONES (par
Henry Shaw). — LEMON. — LEWIS. — LLOYD. — LOCKETT. —
LOWNDS. — MAHONY. — MARSHALL. — MASCALL. — NASH. —
PRESCOTT, gr. par *Michell.* — PRIDEAUX. — PRYME. — RYAN. —
STRONG. — TOWER. — VENABLES VERNON. — John VERNON. —
Ensemble 36 pièces.

178 à 196. — Dix-neuf lots, chacun de 50 pièces, d'ex-libris de la
première moitié du XIXe siècle.

AMÉRIQUE (XVIIIe SIÈCLE).

197. Boucher (Jonathan) ; 2 variantes. — CARMICHAELI. — Geo.
CHALMERS. — Comte d'EGMONT, 1736. — Daniel GILES. — James
GILPIN. — Thomas MARTIN. — John MAUDE. — Samuel MERRI-
MAN ; 2 variantes. — Joseph WHATLEY. — WILLIS. — Ensemble
13 pièces.

N° 144 du Catalogue.

N° 217 du Catalogue.

DIVERS

ITALIE

XVIIe et XVIIIe siècles

198. **Vitelli** (Francesco), archevêque de Thessalonique ; gr. sur bois.

---

199. **Ancajani** (Francesco), gr. par *Mazzoni*. — Anna Caterina BISCHI ANGELETTI. — Ensemble 2 pièces.

200. **Brusasco** (le comte de), gr. par *Stagnon*.

201. **(Gubernatis)** (G.-M. de). gr. par *B.-J. Tasnière*, à Turin, en 1714 ; in-8.

202. **Adélaïde** et Gaetano (Monastère des SS.). — Victor ALFERI ; in-8. — (AQUINO DE CASOLI). — (ARCHINTO). — Catharina de

Asta. — Comte de Carbubi. — Lodovico Cavalli. — Comte de Collalto, gr. par *T. Viero* ; in-8 en largeur. — (Cardinal Colonna) gr. sur bois en rouge et noir. — Lod. Costa. — Gradonico. — Comte de Grassis. — Quatre Anonymes. — Ensemble 16 pièces.

203. Malacrida. — Marefoschi. — Marsuzi. — Parascandolo. — (Stoppani). — (Terzi). — Laur. Tomba. — Carmes de Venise. — Cardinal de York, par *C. Caretti* ; in-8 en largeur. — Neuf Anonymes ou pièces du XIX° siècle (dont Correr, Decio, Mazzoni, Rizzo, etc.). — Ensemble 18 pièces.

SUISSE

XVII° et XVIII° siècles.

204. (Rinck von Baldenstein) (Guillaume),évêque de Bâle ; in-8, gr. sur bois.

---

205. Anonyme. (Monogramme *R. S.* sur un piédestal en ruines entouré d'arbustes), gr. par (*Dunker*) ; in-8.

Gerster, n° 1832.

206. Apples (François d'), gr. par *G. V.* ; ovale en largeur.

Composition pastorale. — Épreuve coloriée.

207. Eberstein (L.-B. d'), chanoine à Bâle; in-8.

Intérieur de bibliothèque.

208. Fischer (Emanuel-Frid.), gr. par *A. Zingg*, d'après *I.-L. Aberli.*

Curieuse pièce, peu commune. — *Voir la reproduction à la page 32.*

209. Fischerischen Bibliotheck, gr. par (*Dunker*).

Jolie composition. — Légère cassure.

210. (Frohberg-Montjoie), évêque de Bâle, par *J. Striedbeck* ; in-8 en largeur.

211. Lulin (Amédée), par *B. Picart*, 1722 ; in-8.

L'un des plus beaux et des plus rares ex-libris suisses.

Nº 211 du Catalogue.

212. Bachofen. — (de CHAMBRIER). — Le Président DE DELLEY. — (ESCHER VOM GLAS). — Balth.-Jos. GLOGGUER. — J.-B. GÖLDLIN A TIEFFENAU. — Diethelm LAVATER, par *Schellenberg*. — (PERNET). — G.-E. WAGNER, gr. à l'eau-forte par *Wiscard*. — Ensemble 9 pièces.

BELGIQUE ET HOLLANDE

XVIIIe siècle

213. (Bosch) (Louis), gr. par *L Fruytiers* ; in-12 en largeur.

Intérieur de bibliothèque, avec portrait du titulaire.

214. Cremer (Christophe).

215 Heurck (Joseph van); ovale en largeur.

216. Hulthem (C. van), gr. par *E. de Ghendt* d'après *Duvivier*, en 1806 ; petit in-4.

Très gracieuse composition représentant une femme lisant dans un cabinet de travail.

217. Kops (Wilhelm).

Voir la reproduction à la page 28.

218. (Michiels) (J.-G.), capitaine de vaisseau, gr. par *L. Fruytiers.*

219. (Mols) (François van), à Anvers (gr. par *Saint-Aubin* d'après *Gravelot*).

Légère cassure.

---

220. Anonymes. — 4 pièces, dont trois gr. par *L. Fruytiers* et une par *P. Wauters, 1754.*

221. Ecclésiastiques : (Félix-Guill.-Ant. Brenart), dix-septième évêque de Bruges, 1777. — (Remy Mottaer), abbé de Saint-Trond, 1780. — Anonyme, gr. par *Loesler.* — Ensemble 3 pièces (blasons ou ex-libris?) de format in-4 et petit in-folio.

222. Bejar (Jean de), gr. par *A. Goetiers* ; in-8. — Ferd. de Boisschot ; in-8. — Bosselaer. — (Bibliothèque de Bruges, 1512 ?). — (Cano). — Cleenewerek de Crayencour, par *Helman*, 1768. — Coloma de Moriensart, gr. par *A. Goetiers* ; in-8. — Cuypers ; in-8. — P.-J.-J. Geerts, médecin. — Engelcke. — Hausen, docteur-médecin. — Hasselaer. — Jean-Ant. de Kinschot. — Lindblom. — Rega. — Roukens. — Corn.-Henri de Roy ; 2 variantes. — Smitmer. — Thomas, archevêque de Malines. — Van Bavière. — (Verdussen). — Wynans, par *G. de Backer* ; in-8. — Anonyme. — Etc. — Ensemble 28 pièces.

ESPAGNE. — RUSSIE.

223. Espagne (XVIIIe siècle) : Don Ant. Alvarez de Abreu, par *Paulus Minguet* ; in-8. — Nic. de Azara, par *Al. Cunego.* —

Bezerra. — Luis de Urquijo (étiquette). — François et Thomas Vargas Macciucca, 2 pièces dont une par *de Grado*. — Ensemble 6 pièces.

---

224. **Russie, Pologne** (XVIII siècle et premières années du XIX) : Boutourlin ; in-8. — Couvent de Grodno. — (Riesenkampf). — Comte de Sapieha, 1736, in-4 (très rare). — Sobolewsky. — Wengra Wengierski. — Wengersky. — Zelaziewitch. — Deux Anonymes, dont un in-8 en largeur. — Ensemble 10 pièces.

N° 208 du Catalogue.

N° 1170-VIII

ÉM. PAUL ET FILS ET GUILLEMIN
Libraires de la Bibliothèque Nationale
28, RUE DES BONS-ENFANTS, 28

Ouvrages de M. le Cte Godefroy de Montgrand

Liste des Gentilshommes de Provence qui ont fait leurs preuves de noblesse pour avoir entrée aux États tenus à Aix de 1782 à 1789, publiée pour la première fois d'après les procès-verbaux officiels, par le comte Godefroy de Montgrand. *Marseille*, 1860, in-8 de 2 ff. prél. et 57 pp. plus une pl. hors texte, pap. vergé, br.   **1** »

Armorial de la ville de Marseille. Recueil officiel dressé par les ordres de Louis XIV, publié pour la première fois d'après les manuscrits de la Bibliothèque Impériale, par le comte Godefroy de Montgrand. *Marseille*, 1864, gr. in-8 de 1 f. prél. contenant les armes de l'auteur, front. gr. 443 pp. et 2 ff. non ch. papier vélin, *nombreux blasons*, br. . . . .   **5** »

— Le même ouvrage, sur GRAND PAPIER DE HOLLANDE.   **10** »

Histoire Généalogique de la Maison Ruffo, par Filadelfe Mugnos, traduite de l'italien par le comte Godefroy de Montgrand de la Napoule, gentilhomme provençal ; avec annotations et continuation jusqu'à ce jour pour les deux branches napolitaines des princes de Scilla et de Sant'Antimo-Bagnara, suivie de la descendance à partir de Sigérius Ruffo de Calabre de la branche aînée de cette famille, établie en Provence vers la fin du XIVe siècle ; le tout accompagné des pièces relatives à la famille Ruffo de Bonneval, marquis de la Fare. *Marseille*, 1880, gr. in-8 de 2 ff. prél. non ch. et 548 pp. pap. vélin, portr. et front. en couleur hors texte, 5 tableaux généalogiques pliés, *nombreux blasons* dans le texte, br. . . . .   **4** »

— Le même ouvrage, sur GRAND PAPIER DE HOLLANDE de format in-4. . . . .   **9** »

Tous ces ouvrages, imprimés avec luxe, ont été tirés à un très petit nombre d'exemplaires et n'ont pas été mis dans le commerce.

Tours, imprimerie Tourangelle, 20-22, rue de la Préfecture.